ABANTURE

DE

MARGOUTILLE ET PIEROUTET,

ARRIBADE

A LA FEYRE DE MARS 1840.

Par I. Reynard.

Reynard

Se vend à Bordeaux, rue des Augustins, 25.

A Bordeaux,

IMPRIMERIE DE E. MONS, RUE SAUTEYRON, 14.

1840.

LOU
NOUBIAOU ET SA FIENÇADE

A LA FEYRE DE MARS 1840.

PIEROUTET.

Per la feyre de Mars que se tén à Bourdeou,
Dabéque ma fiençade furi aou Marcat-Neou ;
Furi per acheta la belle garniture,
Ce que feyt un noubiaou per aougé sa future.
Tout én sourtén daou poun, bédi sur lou pabat,
Lou pu bet camayeu qu'agen jamais troubat.
Coumbien boulets d'aco, charmante rebénduse ?
Bous que me parechés figure si huruse ;
D'abord me troumpats pas aneuyt qu'és un dilus,
Car bedes ma fiençade, ne seri que malhurus ;
Jou qu'ey béndut moun blat qu'ey aougut à mestibe,
Per beni bous trouba lou long d'aquelle ribe,
D'abord me troumpa pas dessus ma boune foy,
Tout peysan que paréchi ne sorti pas d'aou boy.

LA REVENDEUSE.

Moun amic, puisque aneuyt acos sur ma counciénce,
Et que me dides qu'acos deman que fiénces,
Jou boli bous douna lou pu bet camayeu,
Doun beyras les batailles daou chevalier Mayeu ;

Beyrats de touts coustats dos morts sur de la paille,
Qu'en tuat en Juillet d'abéque la mitraille ;
Podes bien de ma man lou prenne aux uils fermats,
Me paguerats que douman si bous crédets troumpats.

MARGOUTILLE.

Moun amic, prén aco, la femme es trop honeste,
Doune-li toun argén que tennes déns ta beste,
Sourten-nous daou souleil, es un petit trop caou,
Mountan aous Salineyres, lou long d'aquet oustaou.
Y a l'orlogé que bén de les péndules,
Garantides dets ans countre les canicules ;
Tabé faou li pourta chez et lou camayeu
Creyra que noste oustaou es aquet d'un moussu.

PIEROUTET.

Ma chère Margoutille, counéchi ta resoun,
Si te machi lou mot me préndras per capoun,
Aneuyt touts lous peysans counéchen bien l'énigme,
Si didi ma pénsade, m'én feras pas un crime ;
Chacun a soun panchan, sur tout sur lous foussats,
Que la pante es rapide dinques aou Grand-Marcat.
Sabi bien que praqui counéches la bingude,
En tout témps tu m'as dit que fadébes la prude :
Aneuyt qu'an tout lou témps beyran aquet oustaou,
Doun gagnabes l'argén dinqu'à plein damantaou ;
En tout temps tu m'as dit qu'ère un pénduliste,
Que pourtabe la barbe tout coume un jésuite :
Anen biste lou beyre séns perdre mey de témps,
Me prendrey une mostre én ort ou én argén.

LE SOLDAT-COLPORTEUR.

Monsieur, je suis porteur d'une montre superbe,
Je la vends pour du pain, je suis de la réserbe :
Voici de mes parens ce que j'ai hérité,
Je veux bien vous la vendre, veuillez me l'acheter :
J'en trouve quinze francs, je la donne à l'épreuve
Je vous la garantis comme si elle était neuve.

PIEROUTET.

Gueyte aco, ma mie, paouse lou dit saou quiou,
Beyras si es bien forte, si soun battant es biou ;
Acos lou principaou de toute la mounture,
D'aougé lou balancié qu'ane bien la mésure,
La mountre est superbe, me fey bien d'aou plési ;
Mais crégni une caouse, acos de me blaousi.

PIEROUTET se voit trompé.

Mais ne me troumpi pas, crédi que noste indienne,
Se fanis aou souleil coume la plus moyenne,
Balebe bien aoutan la prenne aou charlatan,
Que per de la percalle baille daou lucarnan.
Ah ! malheureux de jou, d'aougé dessus la ribe
Sacrifiat l'argén qu'ey gagnat à mestibe.
Bala ce qu'és aco d'ana à la boune foy,
N'achéti pas mey rés qu'à l'éntour de moun boy.

MARGOUTILLE.

Afin que bos-tu fa déns un pareil moumén,
Si soun estat troumpats y a bien daou changemén.

Si as pris calicot per de la belle telle,
La mostre es d'argén lou bédi à l'estelle ;
Acos lou counterole d'aquet grand fabriquan,
Si me la garantis l'y baou pagua countan.

LE COLPORTEUR.

Tenez, je vous la donne puisque c'est du comptant,
Voici ce bon monsieur qui m'en donne vingt francs ;
Il lui manque trois francs, voici la différence,
Ainsi je me décide, à vous la préférence ;
Mettez-là dans la poche qu'on ne la voie pas,
Voici mon colonel, je rebrousse le pas.

MARGOUTILLE.

Te bala satisfeyt de toutes tes enbéges,
Podes la mettre aou cot dabéque une courrége.
Adare poden bien nous ana prémena,
An la demi journade, anén faou y ana.
Baci bien leou noste hore d'ana mingea la soupe,
Faou cerca un hôtel qu'aouge une boune coupe (1),
Et que sien serbit si leou que seran éntrat,
Qu'agen la soupe aou béntre séns esta retardat,
D'abord après la soupe acos moun habitude,
De mingea l'éntrecoste que sie meytat crude :
Moun pay es de la race d'aquets milors anglés,
Jou, coume sa gouyate, eymi tout ce qu'és frés ;
Eymi bien une pioux, un graney, les andouilles,
Les bichettes d'agnet, bala mes ratatouilles.
Toujours l'esprit countén daougé lou béntre gros,
Séns perdre bien de témps m'attaqui aous gigots.

(1) Bien distribué.

PIEROUTET.

Anén baci la troupe que bay à l'exercice
Si bos qu'anen dina prén doun quaouques saoucisses,
Ou bien bén lous chegui, engran à l'hipodroun,
Lous beyre manubra touts aquets boun lurouns;
Bas beyre aou souleil brilla les bayounettes,
Et marcha l'arme aou bras d'un seul cop de baguette,
Beyras les bibandières aou cap d'aquets troupiés,
Marcha d'abéque aoudace coume lous biels guerriés;
Aouran à lur capet les coulous nacionales,
Coume quand ban passa les rebues générales.

MARGOUTILLE a PIEROUTET.

Boudri bien y ana, mais aban de parti boli te fa couya;
Sabes que lou souleil de mars es canicule,
Que baille la jaounisse maougré toutes pilules :
Puisque sur noste indienne a mingeat la coulou.
Préserbe la figure quand fusse que per jou.
Faou ana déns loustaou oun éri coudineyre,
Oun touts aquets coumis benében per me beyre,
Benében per m'eyda à pluma lous canards,
Et déns plusiurs mouméns fricassa mous espinards.
Un didébe toujours que me douneré ma feyre,
Estant abéque tu ne podi plu lou beyre.
Si bos, cher Pieroutet, lou ban ana trouba,
Te dounera un capet que ne coustera pas ca.
Counéchi à tous uils amey à ta figure
Que la cargue te pése et que lou témps te dure,
Anéns-y tout de suite, baou bien me despécha,
Que n'aouges dessus jou rés à me reproucha.

PIEROUTET ARRIVANT CHEZ SON CHAPELIER.

Adichas, noste mestè, si ne me troumpi pas,
D'abéque ma fiençade beni me fa couya,
Car bedes lou souleil que toque ma figure,
Aux uils de Margoutille aco ly fey injure ;
Douna-mé tout de suite un capet coume faou,
Séns esta ridicule quand angrey à l'oustaou.

LE CHAPELIER.

Eh bonjour, Margoutille, où diable sortez-vous,
Depuis plus de six mois je cherchais après vous ;
Moi qui étais satisfait si bien de vos services,
Qui vous a fait sortir, c'est un coup de malice ?
Aujourd'hui vous avez trouvé ce qu'il vous faut,
Passez dans l'autre chambre, j'ai pour lui un chapeau.
Je vous l'avais promis, j'ai ça sur la conscience,
Asseyez-vous là, je vais passer la gance.

MARGOUTILLE AU CHAPELIER.

Monsieur, faites attention, ne lui forcez pas trop,
Car sa tête est petite, il entrerait au galop ;
D'abord il ne tient point beaucoup à sa coiffure,
Mais je voudrais surtout lui flatter la figure.

LE CHAPELIER ACHEVANT SON OUVRAGE.

Voici bien son entrée, rien ne manque au chapeau,
Pour moi c'est à merveille, pour lui un beau cadeau :
Vous pouvez, mon ami, avec cette coiffure,
Parcourir tout Bordeaux sans craindre aucune injure.
Allons, touchez de main, et Margoutille aussi,
J'ai voulu vous coiffer, j'ai fort bien réussi.

PIEROUTET.

Nous baci doun partits d'abéque la musique,
Proche daou Fort-daou-Hâ s'y trobe une barrique ;
Bouluren nous rala lou long d'aquet austaou,
Malheur per Margoutille et per son damantaou.
Un unglet l'atrapet, ly fit une ouberture,
Et ne ly damouret rés que sa ligature.
Acos n'es pas lou tout, per boulé m'escapa,
De touts aquets chibaous, que me pillessent pas,
Crampouni Margoutille aqui aous palissades,
Proche de l'Espitaou, lou long das prémenades ;
Bala que tout dun cop lou cap ly a birat,
A feyt la cabriole dus cops sur lou pabat.
Ere grosse de jou, la praoube Margoutille,
Se dichut en toumban : malheur per ta famille !

MARGOUTILLE.

Aquet cop suey blassade, ne sénti pas mey rés,
Baci trés més d'oubratche que n'an serbit à rés,
Tu qu'ères si counten de beyre toun oubratche
Prospera chaque jour séns aougé nat oumbratche,
Balebe poung la penne de beni dinque aci
Per nous fa aoublida lous trés més de plési.

PIEROUTET.

Que bos-tu, Margoutille, boli aougé bangeance,
Boli m'assegura si an aougut licence
De bouta leur barrique coume un négocian,
Qué soun déns lous Chartrouns, proche de Bacalan ;

Angrey pourta ma plainte jou-mème à la justice,
Per que lance un arrêt tout à soun préjudice,
Aban que d'y ana, boli m'assegura
Ce qu'es déns la barrique, et beyre ce qui a.
Y baou tout doucemén per fa saouta la bounde,
Mé créduri perdut aux œuils de tout lou mounde :
Jugeats de ma surprise quand aouguri séntit,
Margoutille amey jou furent abasourdit ;
N'ère que de la m.... transformade en poudrettes
Qu'abeben déns la neuyt pourtat déns des tinettes.
Ah ! me, dichuri-jou, méchant countrebandier,
Pagueras la déchirure que s'es feyte aou tablié ;
Angrey bous dénounça jou-mème à la mairie
Per dire à noste maire qu'adets la gabugie ;
Alors boli qu'embie est-mème per sounda,
Toutes bostes barriques si la gaouge y a,
Et que lous emplouyats sien sur boste porte
Per que pas une m.... de chez bous ne se sorte.

LEUR DÉPART POUR LA PLAINTE.

Nous baci en camin per ana à la régie,
Bédi deban mous uils : Hôtel de la Mairie.
Ah ! me dichury-jou, baci aquet oustaou
Oun damoren lou maire et les géns comme faou.
Margoutille dam jou éntret à la grande porte
Doun entrabe lou prince d'abéque soun escorte.
A ce dichuri-jou, gueyte aquet cop-d'ueil,
Si restaben aci, per nousaous quaou orguil?
Noun pas esta toujours déns un quiou de campagne,
Qu'à la premeyre pluge nous bala tout én agne.

Que donnerés, Margouille, d'esta abéque jou
Debat un pareil tioule, t'en ferés un aounou.
Bala qu'én quaquetan un homme nous acoste,
Pourtabe dus galouns dessus sa redingote ;
Boulébe mous papeys séns perdre mey de témps.
Toujours én nous parlan dabéque grosses déns.
Ah ! li dichuri-jou, lous papeys que demandes
Soun estat de tout témps chez jou de countrebande ;
Suy estat fabriquat sur lou Poun de la May,
Per bous dise moun noum suey, de trente-chey pays ;
Fadré pourta sur jou per boste ministère,
Un portefuille gros comme aquet de la guerre,
Fadets-nous un plési, déchats-nous énana,
Et birats-nous lou quiou, anats bous prémena.

LE SERGENT.

Vous irez en prison, en parlant de la sorte,
Vous ne passerez plus par cette grande porte ;
Vous et votre future, vous irez au violon
Jusqu'à ce que l'on sache de vous votre vrai nom.

PIEROUTET au violon.

Moussu, tout ce qu'ey dit n'ère que per coulère,
Suey aci inoucén, mous papeys lous ban quère ;
Baou dire à Margouille d'ana biste à l'oustaou
Lous cerca déns l'armoire si aco es égaou.
Mais bén de li arriba une triste abanture,
Ey poou que de marcha li caouse une blessure,
Es toumbade soou béntre proche de l'Espitaou,
Ne crégni qu'une caouse, que s'aye feyt daou maou.

UN ADJOINT.

Puisque tu me réponds ici avec franchise,
Tu as ta liberté sans te l'avoir promise ;
Mais songe une autre fois d'être un peu plus prudent,
Lorsque tu parleras à de nouveaux sergents.

PIEROUTET à MARGOUTILLE.

Que dides, Margoutille, de noste abanture ?
Ne me seri poun doutat d'une pareille injure,
De benir dinque aci per gousta las prisouns,
Nous beyre crampouna coume plusiurs fripouns.
Quittan aquet éndreyt, sergent amey guérite,
Me sémble de lous beyre tonjours à ma poursuite ;
Partén d'aquet pays, beyran aquets sourdats
Fa la petite guerre coure tout lou bouscat.
Beyras dam leurs fusils croisa leur bayounette
La jeune bibandiere que s'appelle Jeanette,
Dounan l'aygue de bie à touts aquets troupiers
Coume aou champ de Flurus én d'aquets bieils guerriers.
Moun pay me l'a countat, pourtabe grande moustache,
Un grand capet à peou, sur l'espaoule une hâche.
Ah ! boudri bien te beyre antaou à mon coustat,
Me feri une gloire de t'aougé espousat,
Tout en camin feden, gueyte beyre à ta poche,
Car l'hore de dîna, me sémble que s'approche.
Nous bala arribat bien leou à l'hipodroum
Me semble à mes aoureilles d'entendre lou canoun.

PIEROUTET.

Pot esta quaouque mort, es lou soun de la cloche
Piane à piane, pertan bedi qu'aco s'approche,

Que ta bien te tardabe de beyre aquel cop d'uil,
Doun énterren dos morts sén linsou ni cercuil :
Acos aqui qu'appellent dos chibaux la grande lande,
Quand dében lous tua les y mènent per bande.
Tabé me tarde bien d'attrapa lou clouchey,
Que parech à mous uils proche daou mouliney.
Aban d'ana daou bort oun feden l'exercice,
Gagnan lou bort de Bruges, mingeran de les saoucisses ;
Es lou festin daou porc chez noste mouliney,
Ban mingea cousteletes grillades à pleine fougey ;
Beyran depuey ala fa la grande manubre,
De l'exercice à fuc ban leou se mettre à l'ubre,

PIEROUTET ARRIVANT CHEZ SON MEUNIER.

Adichat, Catherine, bénen per bous trouba,
N'an pas mey de farine, boulés nous fa creba.
Soun partit de l'oustaou qu'ère proche d'une horre,
Ne bous lou cacherey pas la hame me deborre,
Pourtats nous a dîna d'abord séns coumplimén
Ma camise es mouillade, dounats un echermén.
Ey abansat lou pas per beyre l'exercice,
Et per beni chez bous gousta bostes saoucisses.
N'an mis que demi horre démpuey que soun partit,
Là, gueytas à ma mountre, ne bous ey pas méntit.

SURPRISE DE PIEROUTET.

A moun Diou, Margoutille, que bédi à ma poche,
Ma mountre, coume jou, s'es mise én banboche ;
Crédi que soun troumpats per noste horlogé,
Si ma mountre es de cuibre baou bien leou lou saougé.

De quaouques jours d'aci bingrey pas à la bille,
Passa aux uils de touts per un grand imbécile,
Préne per de l'argén daou cuibre ou daou ploun,
Et per de belle indienne daou plus méchant coutoun.

PIÉROUTET a table.

Pourtats-nous une soupe, soun aci à l'hôtel,
Nous décha créba de hame seré pécat mortel.
Baci lou char-à-banc que passe à une horre,
Biste, bubén un cop et mettén-nous dehorre ;
Arriberan assez leou én prenant l'omnibus,
Per retrouba noste homme que feyt un tour de gus.
Dedéns lou char-à-banc ne crégni poun la pluge,
Mais crégni coume jou que tu ne t'y ennuges,
Care faou bien parla à touts aquets moussu,
Que portent paletot dabéque habit blu.
Souben n'an pas lou so déns leur propriétaire,
Obtenen lou crédit, lou couchey bay lous quère ;
Tabé boli pas mey aougé de gilet round,
Prendrey un logemén saou deban daou Chartroun.

DESCENTE DU CHAR-A-BANC.

Nous baci arribats de noste prémenade,
M'én baou dreyt à la feyre per bien fa la camade ;
Didi à Margoutille de me douna lou bras,
Per beyre lous hercules et l'aimable Dumas :
Tan que gueytabi fa touts aquets tours de force,
Ne me doutabi pas d'une pareille amorce,
Un aoute, poung si fort, mais qu'ère plus adreyt,
Me fit passa ma mountre per trénte-cheys éndreyts.

Enfin quand rebingut d'aquelle prémenade,
La placet déns ma poche séns l'aougé estaquade ;
Me troubéri surpris, pertan crédit de beyre,
Car oubrébi mous uils coume porte coucheyre :
Gueytéri déns ma poche, troubéri qu'un aougnoun,
Et debat moun capet lou plus gros cornichoun.
Margoutille cridabe, fadébe daou tapage,
Inutiles efforts, perdut tout soun courage,
Surtout quand fut segure bedén un cornichoun,
Sous œuils remplits de larmes gueytaben moun aougnoun.

MARGOUTILLE.

Baci bien leou quatre hores, es témps d'ana dîna,
Aquet bouilloun qu'an pris pouyré me destourna :
Ey toujours énténdut parla d'un aubergiste
Proche dos Recolets, qu'appellent lous Artistes,
Y seran leou arribats counéchi Madeloun,
Et nous feran serbi ce qui a de plus boun ;
Y a toujours de la tripe et daou féche én brouchette,
Des bichettes d'agnet, daou bedet én blanquette :
Bala bien tout ce qu'eymi, si aco te fey plaisi,
Anéns-y tout de suite faou passa per aci.
Nous baci arribats, preste à mingea la soupe,
S'y présénte un jounglur que demande la goute ;
Quand l'aougude bebude se mit à quaqueta,
Demandabe cinq lioures per bien escamouta :
Persoune s'én troubabe, Pieroutait bien countén
De paréche opulén parmis aquelles géns ;
Dounant à Madeloun la derneyre centime
De noste praoube argén que soun estat victime,

Alors noste jounglur quand boulut s'éluda,
Dun grand cop de câpet finit per saluda.

PIEROUTET.

Adare coume fa per arriba à l'oustaou,
N'agé pas mey d'argén, ni tu de damantaou ;
Que ban dire les géns dedéns noste billatche,
D'aougé bouytat ma bourse ban me fa daou tapatche.
Ah ! rebingrey pas mey dessus aquet foussat,
Beyre lous charlatans que m'an escamoutat.
Ah t...... de Dieu ! Car.... de rebénduse !
Ne rebéngrey pas mey t'acheta telle écruse ;
Tu que me l'as dounade per de bet camayeu,
Fabriquat déns les Indes, benen de Vera-Cruz.
Nous, nous, n'engrey pas mey te beyre à ta boutique,
N'aouras daoute que jou si bos te fa pratique,
Lis-y passeras la man per debat lou mentoun,
Tout coume as feyt à jou per béndre toun coutoun.
Que ban dire à l'oustaou, jou qu'éri daou billatche
L'aoudet lou plus rusat, ban me fa daou tapatche.
Si mabében troumpat que sur lou camayeu,
Trouberi bien un reméde per lou passa aou blu ;
Acos aquet sourdat benen daou Chapeau-Rouge,
Que porte une capote à grand pareméns rouges,
Que m'a béndut ma mountre per esta pur argén,
Acos d'aquets Matiou, ah les méchantes géns !
Tabé m'a dit d'abord de la mtete à la potche,
Qu'anabe coumme faou juste au grand relotche,
Mais l'abébe blanquide abéque l'argén biou,
Acos dos tours de force d'aquets famus Matiou,

Abébe d'abéque est un Turc, un Perse et dus Piémouns,
Ey esta daraoubat per trénte-chey naciouns.
Nou, nou, ne bingrey pas mey te beyre, maudite feyre,
Debussi me renferma déns une tabateyre,
En touts cas si rebéni, passerey per Lormoun,
Et n'angrey pas pu loung que lou Pabat daou Chartroun :
Aqui es lou cartey de toute l'opulence,
Des billes renoumades per toute la France ;
Ainsi me décidrey à resta aou Chartroun,
Et mettrey Margoutille grande marchande d'aougnoun,
Puisque déns Sin Miqueou es la grande concurence,
Margoutille aou Chartroun aoura la préférence;
Elle qu'es counechude de touts aquets séndiou,
Per fa un boun marcat lis-y toquera aou biou,
Alors déns soun mestey sera la plus renoumade
Coume estant aou Chartroun proche das prémenades,
Aqui seras à l'abri de touts aquets procés
Qu'an tantat laoute jour, que n'an serbit à rés :
Boulében aboli las grosses acaparuses
Que ban déns lous bateous toujours fa las flanuses,
Tout én passan la man per debat lou mantoun
Aous plus junes sandious per aougé lur aougnoun.
Ne t'arribera pas mey, dichut une banqueyre,
D'aougé la primotat dessus les Salineyres :
Aneuyt acos aci que boli te mena,
Daban moussu lou juge per te fa coundanna.
Erent aou tribunal bien mey d'une céntaine
Que leou lou procurur rénbie à quinzaine.
Ah ! méchante carogne, se dichut Margoutoun,
Seras toujours préférade én estan saou grand toun :

Boli fa coume tu, pourta belle dantelle,
Que dénpuy lou segouud la pratique m'appelle ;
Alors serey bien gueytade de tout aquelles géns,
Feuillettran mous affas séns demanda d'argén :
Jou et moun perroquet seran toujours sur la porte,
Te ferey councurénce dinque que sien morte.
Puisque aou tribunal bolen pas te jugea,
Acos lou soul momén per pousqué me bengea.

A MARGOUTILLE.

Ainsi doun, Margoutille, ébite lous procés,
Dabéque lous procururs ne gagnen jamais rés.
Tu que dedéns Bourdeou counéches la pratique,
Sauras te fa benir dos garçouns de boutique,
Les y feras paga ce que coste cinq sos
Lou douple et lou triple, lous plumeras dinque aous os,
Acos lou soul moyen que tout te réussisse.
Ne fédi pas mey rés, boli que me nourisses.
Bala aou jour d'aneuyt ce que soun à Bourdeou
Lous paysans coume jou que ban aou Marcat-Neou.

Par J. REYNARD.

FIN.

www.ingramcontent.com/pod-product-compliance
Lightning Source LLC
Chambersburg PA
CBHW061522170626
46811CB00004B/1797